Meu amigo faz iiiii!

ANDRÉA WERNER

Meu amigo faz iiii

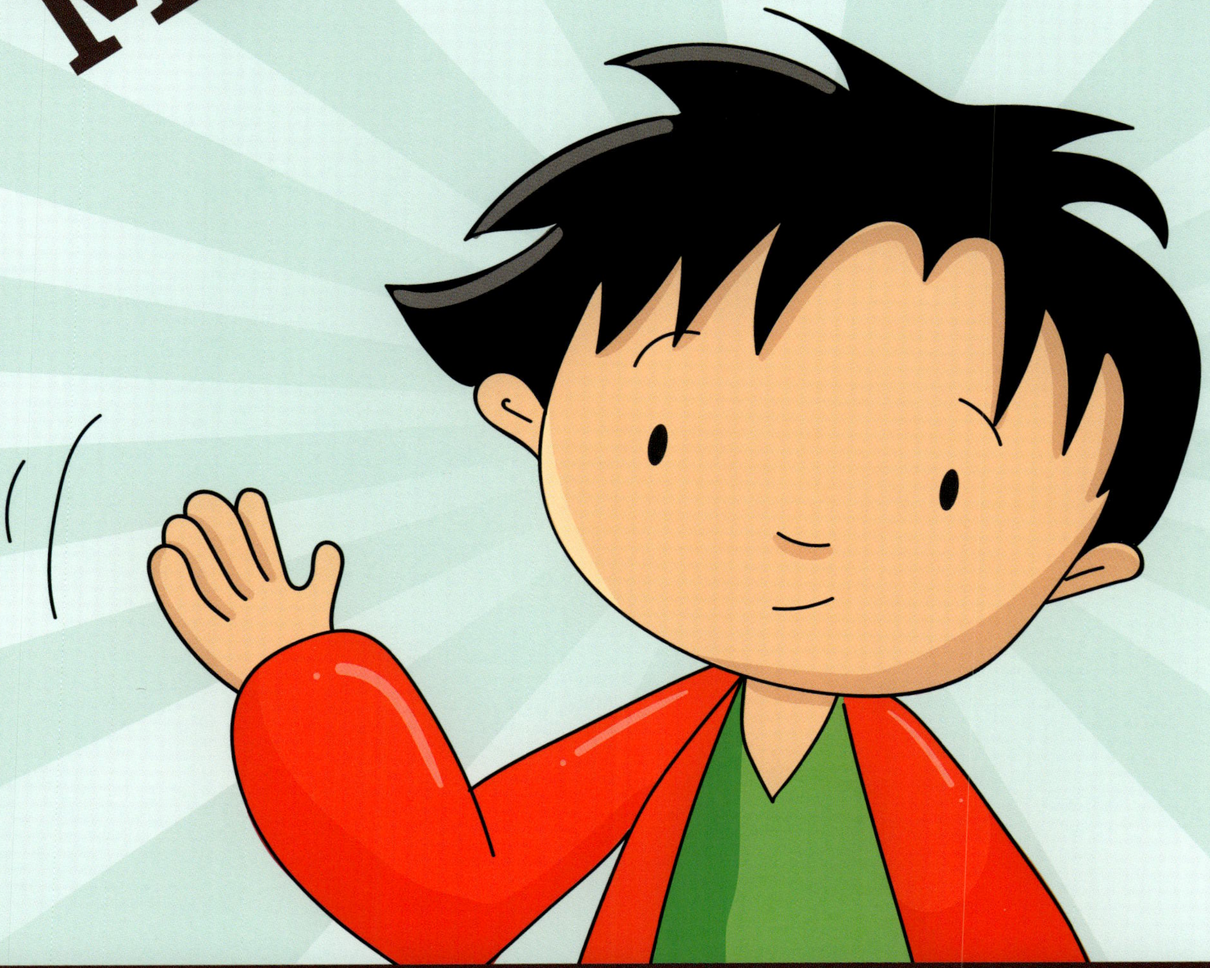

ILUSTRADO POR KELLY VANELI

PINGUE PONGUE EDUCAÇÃO

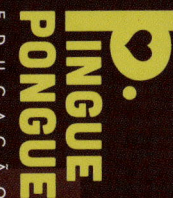

© Andréa Werner, 2017
1ª edição, CR8 Editora, São Paulo, 2017
2ª edição, Pingue Pongue Educação, Barueri, 2023

© Pingue Pongue Edições e Brinquedos Pedagógicos LTDA, 2023

Produção editorial
Pingue Pongue Educação

Capa, projeto gráfico e ilustrações
Kelly Vaneli

Diagramação
Valquiria Chagas

Impressão
PlenaPrint

Este livro atende às normas do Novo Acordo Ortográfico, em vigor desde janeiro de 2009.

Todos os direitos reservados. Proibida a reprodução total ou parcial desta obra, sem autorização da editora.

2ª impressão, 2024

Pingue Pongue Edições e Brinquedos Pedagógicos LTDA.
Avenida Sagitário, 138, 108ª, Sítio Tamboré Alphaville, Barueri-SP, CEP 06473-073
contato@pinguepongueeducacao.com.br
www.pinguepongueeducacao.com.br

Dados Internacionais de Catalogação na Publicação (CIP)
(Câmara Brasileira do Livro, SP, Brasil)

Werner, Andréa
  Meu amigo faz iiiii / Andréa Werner ; ilustrado por Kelly Vaneli. -- Barueri, SP : Pingue Pongue Educação, 2023.

  ISBN 978-65-84504-35-6

  1. TEA (Transtorno do Espectro do Autismo) - Literatura infantojuvenil I. Vaneli, Kelly. II. Título.

23-160218   CDD-028.5

Índices para catálogo sistemático:
1. TEA : Transtorno do Espectro do Autismo : Literatura infantil 028.5
2. TEA : Transtorno do Espectro do Autismo : Literatura infantojuvenil 028.5

Eliane de Freitas Leite - Bibliotecária - CRB 8/8415

EU TENHO UM AMIGO CHAMADO NIL.

ELE É DA MINHA SALA NA ESCOLA.

LOGO QUE ELE CHEGOU, EU FALEI "OI".
MAS NIL NÃO RESPONDEU "OI".
ELE PASSOU A MÃO NO MEU CABELO, CHEIROU E SAIU FALANDO...

FIQUEI CURIOSA. O QUE SIGNIFICAVA "iiiii"?

SERÁ QUE ELE FALAVA OUTRA LÍNGUA?
FUI ATÉ A PROFESSORA E PERGUNTEI:
— POR QUE O NIL SÓ FALA "iiiii"?
— PORQUE ELE AINDA ESTÁ APRENDENDO A FALAR — ELA RESPONDEU.

— MAS COMO VAMOS PODER BRINCAR, SE ELE SÓ FALA "iiiii"?

— BIA, SE VOCÊ ME VIR SORRINDO, O QUE VAI PENSAR?

— QUE VOCÊ ESTÁ FELIZ!

— VIU SÓ COMO BASTA OBSERVAR? AS PESSOAS FALAM DE VÁRIAS FORMAS, **ATÉ SEM USAR AS PALAVRAS!**

BASTA OBSERVAR.

COMO É QUE EU NÃO PENSEI NISSO ANTES?!

E, NOS DIAS SEGUINTES, FOI ISSO QUE EU FIZ: EU OBSERVEI O NIL.

E COMECEI A ANOTAR TUDO O QUE EU TINHA PERCEBIDO NO MEU CADERNO.

NIL NÃO GOSTA DE BARULHO. ELE TAMPA OS OUVIDOS QUANDO O SINAL TOCA.

ELE GOSTA DE TRENZINHOS, PORQUE SEMPRE ANDA SEGURANDO UNS 3 OU 4.

NIL ACHA TUDO GOSTOSO. JÁ VI ELE LAMBENDO A BORRACHA E ATÉ A CARTEIRA.

EU ACHO QUE ELE TEM FORMIGAS NO POPÔ, PORQUE NÃO FICA MUITO TEMPO SENTADO.

QUANDO ESTÁ FELIZ, ELE PULA, MEXE AS MÃOS E FAZ MUITO MAIS IIIII.

QUANDO ESTÁ CHATEADO, ELE CHORA, GRITA, E ÀS VEZES ATÉ DEITA NO CHÃO.

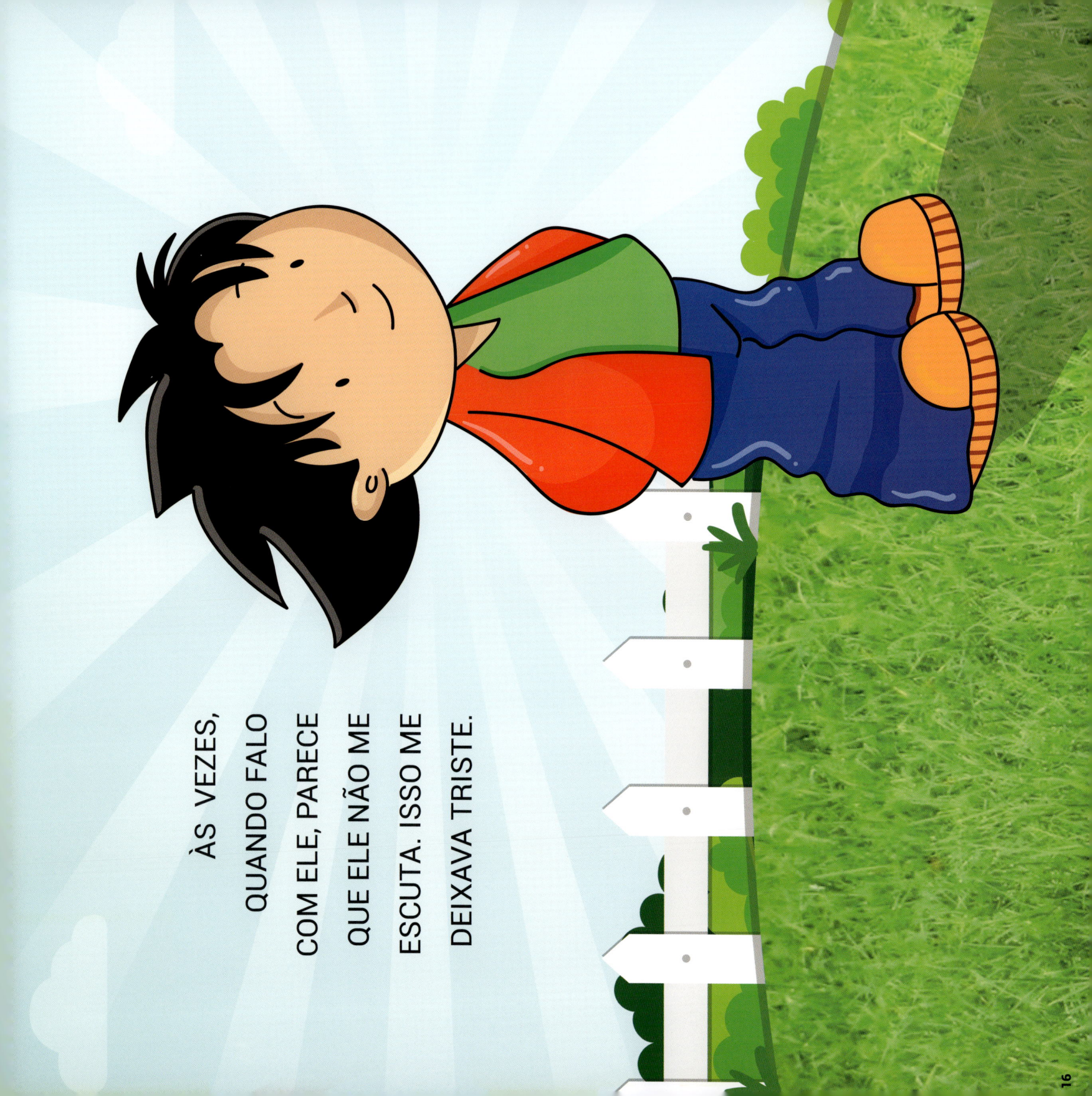

ÀS VEZES, QUANDO FALO COM ELE, PARECE QUE ELE NÃO ME ESCUTA. ISSO ME DEIXAVA TRISTE.

AÍ, UM DIA,
EU NOTEI QUE ELE OBSERVAVA
AS COISAS QUASE COMO
UM CIENTISTA,
TODO CONCENTRADO.
ACHO QUE
OS OUVIDOS
DELE SE
FECHAM
NESSAS HORAS.

PASSEI A ANOTAR TUDO O QUE ELE GOSTAVA DE OBSERVAR. **E AÍ VAI O QUE EU PERCEBI.**

COISAS QUE O NIL GOSTA:

UM TANTINHO DE
POEIRA PASSANDO
POR UM RAIO DE SOL

AS FOLHAS CAINDO
DA ÁRVORE QUE
VEMOS PELA
JANELA DA SALA

AS GOTAS DE CHUVA QUE BATEM NO VIDRO

NIL NÃO BRINCA DE CARRINHO COMO OS OUTROS MENINOS.

MAS ELE ADORA BRINCAR COM ÁGUA! ELE TAMBÉM GOSTA DE BOLA, DE MASSINHA, DE TINTA, DE CORRER E DE BALANÇAR COISAS, COMO UMA FITA QUE ELE ACHOU NO CHÃO UMA VEZ.

AÍ, FIQUEI PENSANDO:

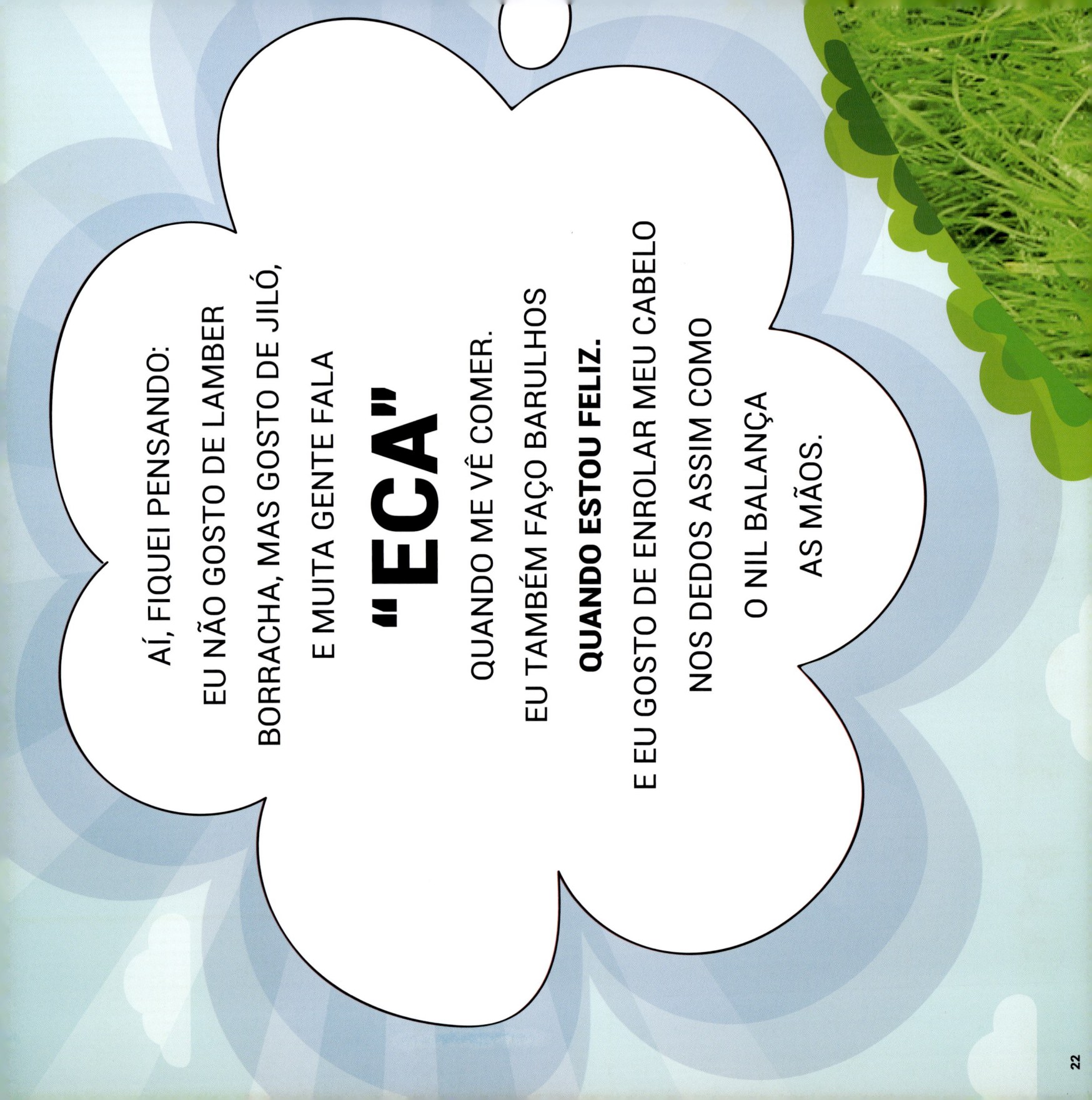

EU NÃO GOSTO DE LAMBER BORRACHA, MAS GOSTO DE JILÓ,

E MUITA GENTE FALA

"ECA"

QUANDO ME VÊ COMER.

EU TAMBÉM FAÇO BARULHOS **QUANDO ESTOU FELIZ.**

E EU GOSTO DE ENROLAR MEU CABELO NOS DEDOS ASSIM COMO O NIL BALANÇA AS MÃOS.

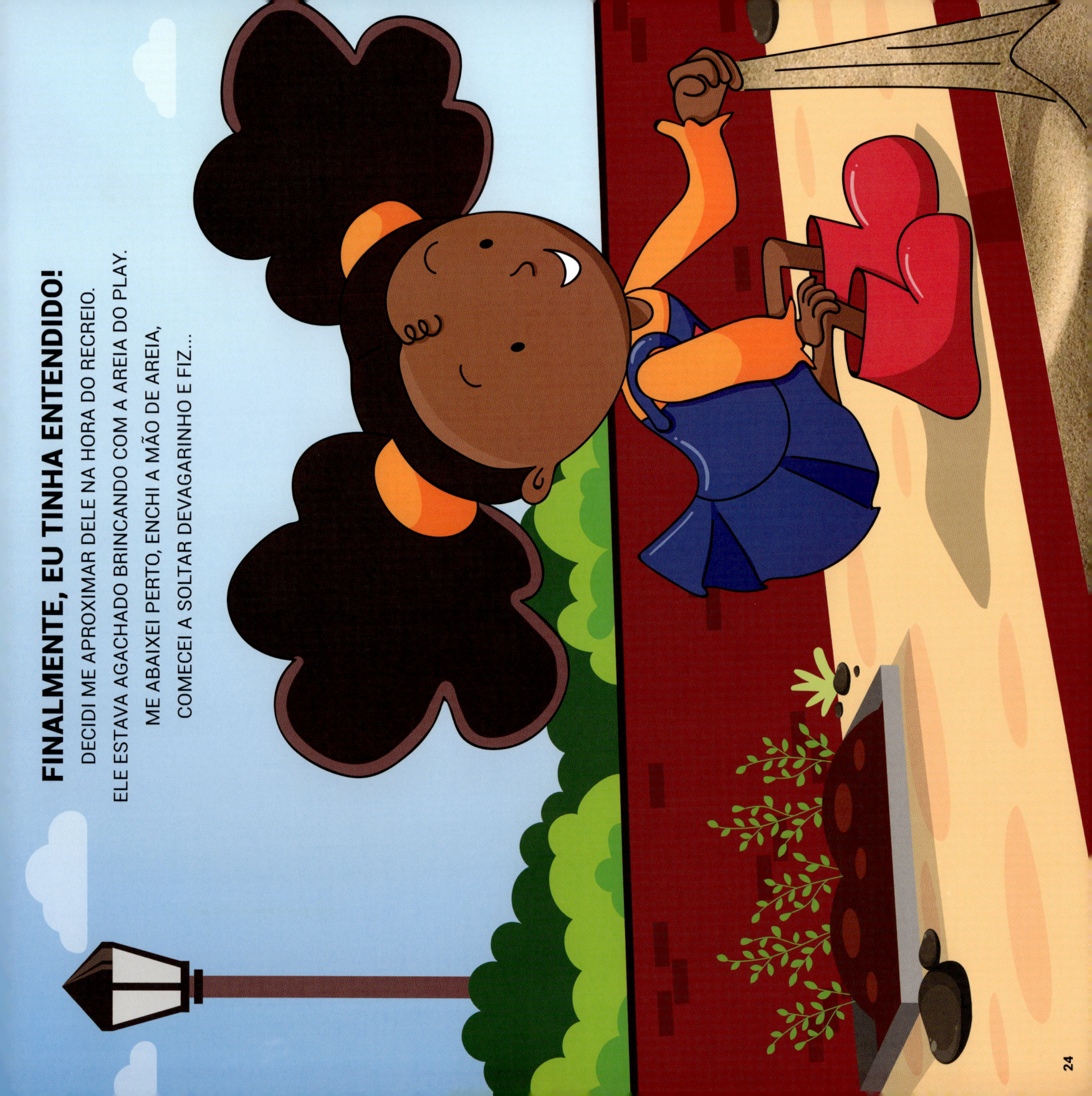

FINALMENTE, EU TINHA ENTENDIDO!

DECIDI ME APROXIMAR DELE NA HORA DO RECREIO.

ELE ESTAVA AGACHADO BRINCANDO COM A AREIA DO PLAY.

ME ABAIXEI PERTO, ENCHI A MÃO DE AREIA,

COMECEI A SOLTAR DEVAGARINHO E FIZ....

HOJE, POSSO DIZER QUE NIL

É MEU AMIGO!

ELE ME ENSINOU SOBRE

COMO É LEGAL VER A AREIA CAIR

E EU O ENSINEI A BRINCAR DE PEGA-PEGA.

QUANDO ELE FICA TRISTE,

CHORA E SE DEITA NO CHÃO,

EU ME DEITO AO LADO DELE E DIGO:

"EU ESTOU AQUI, JÁ VAI PASSAR."

EU E O NIL SOMOS DIFERENTES EM ALGUMAS COISAS.

MAS TEMOS MUITO MAIS COISAS EM COMUM:

GOSTAMOS DE BRINCAR, DE PASSEAR, DE SUBIR NOS BRINQUEDOS DO PLAY, DE BRIGADEIRO. TAMBÉM FICAMOS FELIZES E TRISTES.

A PROFESSORA TINHA RAZÃO.

Andréa Werner é mineira, jornalista e escritora. Em 2010, após uma suspeita levantada pela escola e a posterior investigação médica, descobriu que seu filho Theo, que estava prestes a completar 2 anos de idade, era autista.

Dois anos depois, com o objetivo de dar acolhimento, suporte, e dividir os aprendizados de sua caminhada, criou o blog Lagarta Vira Pupa, que logo se tornou referência entre pais e profissionais da área.

Do blog, veio o primeiro livro: Lagarta Vira Pupa, a vida e os aprendizados ao lado de um lindo garotinho autista.

"Meu amigo faz iiiii" é seu primeiro livro infantil. Ensinar às crianças que a diversidade é natural, saudável e positiva, é um passo importante e essencial para a construção de uma sociedade mais inclusiva.

Este livro foi composto em Adelle e Roboto e impresso em junho de 2024.